AF225017